DESVÃOS

Susana Vernieri

DESVÃOS

Porto Alegre
2012

Preparação e revisão
Rodrigo Rosp

Capa
Humberto Nunes

Foto da autora
Cristine Rochol

Dados Internacionais de Catalogação na Publicação (CIP)

V536d Vernieri, Susana
Desvãos / Susana Vernieri. – Porto Alegre : Dublinense, 2012.
80 p. ; 21 cm.

ISBN: 978-85-62757-80-8

1. Literatura Brasileira. 2. Novelas Brasileiras. I. Título.

CDD 869.9937

Catalogação na fonte: Ginamara Lima Jacques Pinto (CRB 10/1204)

Av. Augusto Meyer, 163/605
Higienópolis – Porto Alegre – RS

contato@dublinense.com.br

dublinense

À memória de meu pai
e à vitalidade de minha mãe

François era leve. Não por defeito ou qualidade. Simplesmente era assim. Caçava nuvens no céu, olhava a paisagem como se ela fosse fugir. Lia como um doido, e poesia era sua preferência. Com dezesseis anos, estava terminando o curso ginasial e seu destino parecia ser a Faculdade de Direito em Porto Alegre, embora nutrisse uma escondida vontade de estudar filosofia para poder lecionar. Mas seu sonho secreto mesmo era ser escritor. Ou, em épocas de Bossa Nova, ser músico.

Para isso, aplicava-se nas aulas do piano velho da casa. Mesmo com essas delicadezas que poderiam comprometer uma certa masculinidade exigida pelo rude povo de fora, François tinha o respeito de todos. Quando ia para as terras da família, juntava-se aos peões e fazia toda a lida de campo. Cresceu em cima de um cavalo com um olho firme na linha onde o azul do céu toca o verde da coxilha. Nos sábados, podia ser visto com o irmão Pascal, ainda solteiro, no cabaré de Angélica, para os lados do cemitério. Mas não conhecia a paixão. Só a dos livros.

O caçula morava em Pelotas com a família, que tinha uma joalheria no melhor ponto da cidade. Alianças eram o carro-chefe do negócio. Até mesmo de todo o estado os clientes vinham em busca de joias e recebiam chocolates belgas e um café recém-tirado da máquina como mimo no estabelecimento que tinha o sobrenome da família Roche desenhado no vidro das vitrinas. O clã era composto pelos pais, Edith e Pascal, e os quatro filhos: Pascal Filho, Antoine, François e Marie.

Naquele ano, os donos fechariam as portas da loja para passar o réveillon na praia de Punta del Este, onde tinham uma casa. O lugar era amplo, com um jardim verde na frente, e costumava ser frequentado por gente de destaque no Uruguai e no Brasil e alguns argentinos. Políticos liberais, produtores rurais, banqueiros, comerciantes, artistas.

A festa de fim de ano era famosa e esperada por muitos. Nos dias que a antecediam, o burburinho era grande. Havia um tema em mesa: uma iminente onda antidemocrática que se instalaria em países da América do Sul, a começar pelo Brasil. Como videntes, herdeiros de um poder sobrenatural, munidos de uma bola de cristal potente, todos enxergavam o que estava por vir. Informações eram trocadas entre um e outro. Planos de resistência eram arquitetados na casa cuidadosamente enfeitada por Edith com rosas vermelhas.

Enquanto o mal esgueirava-se sorrateiramente e ameaçava tomar conta em breve da cena geral, havia os jovens que, com sua vivacidade, alegria e sede de descobertas, lembravam que também era preciso nunca esquecer de flutuar. Pascal Filho gostava de carros e, com seus vinte e dois anos, era um piloto de baratas de primeira categoria. Disputava corridas no Uruguai, na Argentina, mas gostava mesmo era de ir a Porto Alegre para participar das carreteiras pelas ruas da cidade. Ganhou várias. Também gostava de caçar perdizes e cozinhar para os amigos. Era o mais velho da turma. Bonachão, juntava quase que uma gangue num piscar de olhos.

Política não lhe interessava. Aliás, nenhum dos jovens que estavam ali naquele lugar, naquele momento, parecia estar preocupado com algo mais sério do que qual a próxima novidade musical ou o que seria ditado como moda no Rio de Janeiro durante o verão. Os pais, cientes de preservar a tradição, garantiam a ordem. Os pais, apesar de liberais em certos aspectos, arranjavam até mesmo os casamentos. Bastava ir vivendo até chegar a hora de assumir o lugar dos pais.

Duas noites antes da virada, Pascal Filho chamou o pessoal para uma perdizada. José e Ernani, seus mecânicos; François e Marie, seu irmão e irmã solteiros; Amélia, a prometida de François; Pablo, filho de um político uruguaio; Tobias, filho de um banqueiro argentino, e Ezequiel, amigo músico. Quando o violonista já tocava a quarta música e os convivas começavam a relaxar, Madame Roche entrou no local reservado para churrascos e comilanças acompanhada de duas moças.

— Gente, estas são as irmãs Almeida Terra, Ana Maria e Alma. O pai delas veio conversar com o Pascal e com o resto dos convidados e elas vão ficar aqui com vocês. Tratem bem as meninas — recomendou a dona da casa.

Naquele momento, o olhar contemplativo e um tanto etéreo de François encontrou seu lugar no mundo. Ana Maria. A moça morena de quinze anos ainda não o havia visto, pois ele estava num canto da sala meio escondido, mas ali ele compreendeu o que Dante sentiu ao ver sua Beatriz caminhando pelas ruas de Florença. Ficou quieto, tentando decifrar o que pensava aquela garota, o que ela sonhava ser, como era sua voz, seu cheiro. Seus movimentos pequenos e sutis à distância embalavam-no. Era tímida, ele percebia, mas, apesar de tudo, parecia trazer uma força escondida sob mil véus. François mal a tinha visto, já queria saber de suas esquinas.

— Fiquem à vontade, já vamos servir — disse Pascal Filho.

— Sentem-se, gurias — convidou Marie.

François continuava na sombra, imóvel. Ana Maria ainda não o havia visto. Na verdade, ela não sabia muito bem onde se colocar. Suas mãos suavam. Apesar de já ter debutado e de ter sido apresentada à sociedade, fato que implicaria ser diplomada em traquejo social, Ana Maria sempre preferia seus ermos. Daria tudo para ter ficado em casa com seus segredos. Totalmente ao contrário era Alma, que já reinava à mesa e chamava para si toda a atenção da conversa.

Encarregado de servir as bebidas, François finalmente saiu de seu canto. Água e vinho naquela mesa na qual a comunhão alegre de jovens prometia um futuro próspero. Em breve, a comida seria repartida numa cerimônia pagã e ao mesmo tempo sagrada. Chegou a vez de François servir Ana Maria:

— Água ou vinho? — perguntou o rapaz.

— Água, por favor — respondeu a moça sem olhar para o moço.

Num batismo inesperado, François encheu o copo de Ana Maria que, distraída, virou-o ao ponto de molhar toda sua saia na frente. A jovem tornou seu corpo para trás e encarou o rapaz. O olho verde gateado com o qual ela se deparou a sugou para um infinito de que ela nunca mais sairia.

A música encantava a todos nas mãos e na voz de Ezequiel e parecia formar uma muralha protetora em volta de François e Ana Maria. Os dois não escutavam mais nada. O burburinho das vozes sumira. Tudo era silêncio a não ser os acordes musicais. Tudo era paz e tumulto ao mesmo tempo quando os olhares dos dois jovens cruzavam-se. Sentaram-se distantes e parecia que um abismo quilométrico jamais permitiria que os dois conversassem. Além de tudo, ainda havia Amélia.

A noite seguia rápida, a janta já tinha acabado e o álcool fazia a cantoria e a dança serem grandes. François espreitava Ana Maria e não teve dúvidas em ir atrás dela quando a moça foi em direção à casa maior para buscar o doce com Marie.

— Vou ajudar vocês — mostrou-se solícito François.

— Não precisa de três pessoas, vai tu e a Ana Maria — disse Marie.

Como um arqueiro zen, François não podia errar o alvo. A distância até a casa era ínfima, o tempo era pouco. Tinha que acertar o coração da donzela com precisão e nunca tinha passado por tal prova. Parecia que as forças vinham da terra, das letras nas quais vivia embaralhado e de um cosmos impoluto. Em silêncio, os dois começaram a comunicar-se quando suas mãos tocaram-se ao pegar os doces. Os olhos de Ana Maria baixaram. François pegou os pratos e colocou sobre a pia. A moça ficou com as mãos livres, que foram envoltas pelas do rapaz. Os olhos se tocaram.

— Meu nome é François, quer namorar comigo?

— Mas eu nem te conheço.

— Sou mais doce que esta ambrosia e gosto de poesia.

— Mas tu nem me conhece.

— Sei teu nome e enxerguei teu espírito, gostas de crianças e borboletas. Também sei que tens um diário em que escreves versos de amor.

— E achas que esses versos foram feitos para ti?

— Vais achar se me der uma chance. Sai comigo amanhã.

— Tenho que pedir para meus pais.

— Inventa um jeito.

A conversa dos dois ficou por aquele tom, pois o pessoal da perdizada estava louco para adoçar o bico e já gritava pela ambrosia. A noite acabou serena e François e Ana Maria nunca mais dormiram sozinhos em sonhos.

O outro dia veio rápido, com a ânsia dos enamorados ritmando os minutos. Depois do almoço, durante a sesta, Ana Maria escapuliu do hotel onde estava a família e foi à casa dos Roche à procura de François. Encontrou-o na porta de entrada e, por sorte, ninguém os viu. Saíram a passear pela beira do mar falando de sonhos. Parecia que se conheciam de séculos.

— Te escrevi um poema antes de dormir ontem à noite — disse François.

— Me lê.

Cachos
Cachoeira
Me acho
Negro
Teu cabelo
Me incendeio
Ana Maria
Miragem
Me invade

— Gostei.

François pegou o queixo de Ana Maria com cuidado e tocou seus lábios nos dela. Assim, a adolescente beijou pela primeira vez na vida. O azul do mar mergulhou nos olhos escuros da moça e nos gateados do rapaz. As ondas pararam.

— Vamos sair esta noite? — perguntou François.

— Vou tentar. Fica na porta de casa às nove.

NA PRÓXIMA NOITE, JÁ SERIA RÉVEILLON e, no dia seguinte, a família Almeida Terra voltaria para Porto Alegre. Esta noite seria a única possível para Ana Maria ficar sozinha com François. Pouco antes das nove, ela conseguiu driblar o clã ao qual pertencia e, às nove em ponto, estava na frente da porta de François.

Os dois saíram num Fusca e enveredaram para um lugar próximo e tranquilo, terra conhecida de François. Estacionaram sob o céu limpo. Só o campo de estrelas como testemunha. Sem lua, que era para apagar qualquer rastro de pecado.

No chão, consumaram um amor telúrico e em nenhum momento imaginaram que haveria qualquer consequência. Não provaram da maçã para serem expulsos do Éden. O Paraíso era aquele agora. O que viria depois seria uma prova para saber se a memória era algo tão forte que faria os dois sobreviver a qualquer inferno terrestre.

A manhã de réveillon veio ensolarada. Na casa de Madame Roche, todo mundo acordou cedo para os últimos preparativos para a festa da virada. Uma banda ia tocar, um bifê ia servir, um serviço de decoração foi contratado. O Fusca que François tinha usado na noite anterior era da mulher de Antoine. O irmão mais velho tinha adoração pelo menor e, quando soube qual o destino do empréstimo, condicionou-o a uma contrapartida: dançar com a moça uma música na festa de réveillon.

Os tempos eram estranhos. No Sul do Brasil, especificamente, a tradição imperava nas famílias abastadas, enquanto chegavam as informações dos países do resto do mundo, como da Europa e da América do Norte, mostrando avanços em aspectos comportamentais. Amor livre por aqui era um termo proibido. Separação, adultério: palavras feias. O remédio? Ia-se vivendo, hipocritamente.

A festa prometia ser um sucesso. Tudo pronto. Os convidados começaram a chegar por volta das dez. Muitas joias balançando, que pareciam provar que o Natal ainda não havia acabado. François estava numa agitação esperando a família Almeida Terra chegar. A moça finalmente veio num vestido verde-água de seda e com o cabelo preso. Como um bom apaixonado, o moço teve o coração disparado e tremeu a perna. Ela sorriu com o canto dos olhos.

Sem poder tirá-la para dançar por causa de sua promessa de casamento com Amélia, François só ficou conversando com ela na mesa dos jovens. Quem veio logo depois ter com a gurizada foi Antoine. Elegante, o mais bonito dos irmãos Roche, ele era quem gerenciava a loja de joias. Casado com Sofia e com uma filha de oito anos, Joana, não saía das colunas sociais. Antoine tinha fama de mulherengo, mas, na realidade, era um exemplo de pai e de marido. Sofia e ele faziam uma dupla inteligente, de aço, e os dois davam risada das fofocas nutridas pelas Bocas de Matilde que invejavam sua felicidade.

A conversa na mesa dos jovens versava principalmente sobre Bossa Nova, e Antoine resolveu colocar uma pedrinha no assunto.

— Quem gosta de tango?

Ana Maria não titubeou em responder que sim. Pianista, algumas vezes tirava esse tipo de música de seu instrumento alemão. Gostava do tom de tragédia intrínseco a ele.

— Pois então, vamos dançar. François já me disse que teu nome é Ana Maria — disse Antoine e dirigiu-se à orquestra pedindo *Por una cabeza*.

Não é preciso ser dito o fuxico dos convivas. Como um homem, pai de família, poderia ter tirado para dançar uma debutante? Ainda por cima para dançar um tango. A plateia se fez, um zum-zum-zum acompanhava a música. Havia olhos que iam e voltavam para Sofia, dizendo como que: coitada.

François não ia mais ver Ana Maria depois daquela noite, e depois daquela dança as coisas ficariam mais difíceis ainda. Terminado o tango, o patriarca da família Almeida Terra levantou-se de onde estava e arrebanhou suas filhas e a mulher e partiu irado. Mal se despediu do velho Pascal. O vento que seu corpo fez ao bater o portão da casa dos Roche prenunciava o vento forte que viria arrastando todas as coisas que estavam em seu lugar logo em seguida.

NA QUARTA-SÉRIE DO PRIMÁRIO, aos nove anos, Renata teve uma experiência desagradável. Um coleguinha, filho da professora de *estudos sociais*, chamada Vera Cruz, começou a desenhar vários pênis no quadro-negro. Junto, perguntava se ela sabia o que era aquilo. Renata sabia e contou pra mãe em casa. Do Grupo Escolar levou a lembrança de ter plantando um pinheiro, de ter cuidado da bandeira do Brasil na Semana da Pátria, das piruetas nos brinquedos na praça da frente do colégio, da cartilha de alfabetização. Naquele ano mesmo, não sabe como, seus pais arranjaram dinheiro pra pagar uma escola de freiras.

Porém, a lembrança mais marcante da menina foi quando um dia, na volta pra casa, junto com a tia que ajudava a criá-la, na mesma pracinha que costumava brincar na frente da escola, resolveu se fingir de cega. Deu de frente com uma moita de coroas-de-espinho. Mãos, rosto, pernas, braços. Tudo ficou cheio de dor. Chegou em casa e a pinça na mão da mãe a esperava pra realizar um milagre. Aprendeu aquele dia que andar no escuro era um dom e que tinha muito ainda que caminhar por desvãos até poder enfrentar de novo e não sucumbir aos espinhos.

As regras estavam atrasadas. Ana Maria era um relógio desde os quatorze anos. Já não dormia há três noites. Não tinha com quem conversar sobre o assunto. Sabia que um casamento com François era impossível. Ele estava prometido para Amélia. O que seria dela? Uma Almeida Terra ser mãe solteira era algo impensável. Seu pai nunca admitiria. A sociedade não admitiria. A barriga ia crescer dentro em breve e não haveria mais como esconder nada. Do alto dos seus quinze anos, apavorada, só, resolveu esperar. Era apenas o que lhe restava fazer.

François escrevia cartas e mais cartas para Ana Maria e não obtinha resposta. Acontecia que as cartas esbarravam nas mãos da mãe da moça, que não desejava contato nenhum com a família Roche. Bastava o escândalo da noite de réveillon. Melhor cortar o mal pela raiz, pensava.

A continuação do escândalo se deu no casamento de uma prima de Ana Maria, quando foi descoberta a gravidez. Na última prova do vestido com detalhes de renda no busto, a costureira reclamou que o seio havia aumentado. Não só o seio como a barriga. A mãe desconfiou. Sem conversar com Ana Maria, marcou uma hora em seu ginecologista e levou a moça até ele. A resposta foi positiva. Três meses. O verão terminava com essa notícia. O marido enlouqueceria. Os culpados teriam que pagar um preço muito alto. Ana Maria estava assustada. O olhar da mãe era de quase loucura. Não a encarava nunca. Parecia só contabilizar alguma coisa.

Chegaram em casa, e o pai ainda estava no trabalho. Era banqueiro. Ana Maria foi para o quarto tentar pensar em alguma saída. Até fugir com um circo vinha-lhe à mente, mas quem ia querer uma grávida para qualquer serviço? Sabia que seu destino, naquele momento, era esperar e estava nas mãos de seus pais. Pensava em François e por que ele não lhe mandava notícias.

Soube quando o pai chegou pelos gritos que vinham do escritório. Pacato, ele parecia ter perdido toda a elegância de um homem de negócios. Pai e mãe já sabiam que tinha sido no réveillon. O pai deveria ser aquele tangueiro que, sem nenhuma vergonha, tirou Ana Maria para dançar. Deveria ser aplicado um castigo naquela família. O que eles estavam pensando?, matutou o chefe do clã Almeida Terra.

Por ironia, no dia seguinte, a História atropelou o drama que vivia a família de Ana Maria. O anunciado período antidemocrático chegou com pompa e circunstância. Militares no poder, direita no comando. O pai Almeida Terra, atarantado, ficou à espera das novas definições econômicas e políticas para ver o que seria de seu banco. A história de Ana Maria teria que esperar. Enquanto isso, ela estava jurada de não sair de casa nem de se comunicar com ninguém.

A barriga crescia fabulosamente, lindamente, enormemente. Cinco meses já se passavam, e ela escolhia nomes. François era certo. Os outros não tinha certeza. Apesar de tudo, estava feliz. Sua irmã apoiava-a, dava carinho. A mãe não dava o braço a torcer. Nem o pai. A criança não iria ser criada naquela casa.

Um dia, Alma recebeu a correspondência enquanto sua mãe não estava em casa. Havia uma carta de François.

Querida Ana Maria:

Venho tentando há meses entrar em contato contigo, mas não obtenho resposta alguma. Espero que não tenhas me esquecido. Continuarei insistindo até o infinito. Por aqui, tudo bem. As noites seguem estreladas, as manhãs ensolaradas, mas há um vazio tão grande que certas vezes tenho vontade de pegar um cavalo e sair pelo pampa e nunca mais voltar. Me mande um olá.

Do teu,

François

Ana Maria ainda tentou esboçar alguma reação.

— Mãe, tem alguma outra carta de François para mim?

— Não, Ana Maria, só chegou essa — sempre cortando o mal pela raiz.

Pelo menos, era alguma notícia e uma notícia dizendo que havia tido outras notícias que tinham se perdido pelo caminho. A mãe de Ana Maria sabia que o pai da criança deveria ser o autor das cartas, mas guardava esse segredo com ela. Dois adolescentes irresponsáveis. A coisa não ia ficar assim. Como o garanhãozinho tinha ido mexer com sua filha? Um garanhãozinho de quinta categoria. Filho de interioranos, estrangeiros, ourives, de outra tradição.

Ana Maria escreveu uma carta para François dizendo tudo o que havia acontecido, mas estava proibida de sair de casa. Quem cuidava da correspondência era a mãe. Tudo que chegava ou saía das mãos da moça passava agora pela matriarca, pela dona da casa dos Almeida Terra.

Os militares no poder acomodavam-se e faziam alianças. O pai de Ana Maria ficou muito próximo deles. Seu banco financiaria várias iniciativas do governo na Região Sul. Estava, apesar da tragédia doméstica, alegre. E arquitetava junto com a mulher o que faria com a criança e com a família que trouxe a desgraça para sua imaculada casa.

A família Roche seguia sua vida em Pelotas. Temia alguma retaliação pelas atitudes liberais e por promover sob seu teto a oportunidade da discussão. Por enquanto, tudo estava calmo. Jamais imaginariam a tormenta que iriam enfrentar.

No fim de maio, um decreto federal determinou os bens dos Roche fossem todos confiscados. Terras em Bagé de primeira qualidade para a criação de gado e terras no Uruguai a perder de vista.

Madame Roche só conseguiu salvar uma joia Cartier que vinha passando de gerações em gerações de mulheres de sua família. Um relicário em forma de livro para colocar duas fotos pequenas dentro. Nas frontes de ouro, detalhes em preto com o desenho de triângulos maçônicos e uma rosa preta em cada lado. Edith escondeu a relíquia de família quando os soldados expulsaram os Roche do casarão na praça central de Pelotas e os fizeram sair com a roupa do corpo. Muitos riram naquele momento. Os invejosos de plantão tiveram sua vingança. E o motivo dos fatos, à primeira vista, foi uma vingança política.

Ana Maria não ficou sabendo o que aconteceu com a família de seu amado. Seguia às voltas com a gravidez. Entrava no sétimo mês, e a barriga já estava quase estourando. Não tinha acesso às notícias e, se tivesse, jamais adivinharia que seu pai e sua mãe teriam algo a ver com o desastre que havia acontecido com os Roche.

A menina nasceu numa madrugada fria de julho no Hospital Moinhos de Vento, de oito meses. Tinha uma marca, uma mancha na perna.

Ana Maria não chegou a vê-la. A menina ficou uma semana no hospital até que um coronel e dois soldados enfermeiros levaram-na para Bagé, onde estavam os Roche. Bateram à porta e entregaram o bebê. Quem recebeu a entrega foi Marie.

— É de vocês, quem envia é o doutor Almeida Terra. Mais um recado: o filho mais moço está jurado e agora ele vai morrer sabendo por quê — disse o coronel, mandando o soldado colocar a criança nos braços de Marie.

Atônita, Marie agarrou a menina e entrou rápido em casa chamando o pai e a mãe. Relatou o acontecido enquanto Edith pegou a criança. Ela e o marido olharam-se e compreenderam a retaliação. Não foi apenas por questões políticas. Era preciso ter uma conversa com François. A família ainda não tinha se organizado em nenhum negócio. Estava morando de favor em uma das casas de um fazendeiro intocável da região de Bagé e amigo da família perseguida.

François estava na rua. Edith e o velho Pascal esperavam ansiosos a chegada do caçula para esclarecer o que havia acontecido. A porta bateu ao meio-dia em ponto.

— Que criança linda! — exclamou o rapaz. — De quem é?

Os velhos não deram uma palavra e fitaram François secamente.

— A Marie achou na rua — disse sério o pai.

— Vamos adotar?

— Tu vais cuidar — falou a mãe

— Está bom, posso segurar?

— Não pode — disse o pai — só depois de contar como foi que a fizeste.

— É minha?

— Disseram que vem lá dos Almeida Terra — mapeou a mãe.

François começou a chorar compulsivamente. Marie deu um abraço nele.

— Sem abraço que homem que é pai não chora, tem que dar exemplo para o filho. Como vais te derreter feito açúcar? Para de chorar e conta a história dessa criança — disse o patriarca.

— É minha e de Ana Maria.

— E tu estás jurado de morte — disse a mãe. — Temos que ver o que fazer.

O APARELHO NOS DENTES foi o que mais lhe chamou atenção. Achou um charme. Além disso, jogava vôlei muito bem e não lhe dava a mínima bola. Guilherme foi sua primeira grande paixão, mas nunca deu em nada. Começou aos dezesseis anos e acabou numa janela de um bar quando ele beijou um outro rapaz e Renata, aos prantos, assistiu tal cena. Iniciaram uma amizade, mas ele não ficou do lado da moça quando ela "perdeu a virgindade" com um colega de psicologia de Guilherme. O gay disse que o cara estava apaixonado, na verdade, por ele e que usava Renata pra fazer ciúme. Renata sempre preferiu achar que Felipe gostava dela.

Não bastasse esse imbróglio, o ato sexual foi um desastre. Felipe passou uma infecção pra virgem, que a fez ficar mais de um mês subindo as paredes para fazer xixi. Quando desmanchou o namoro, Renata ganhou um cara que tinha o costume de caçar e que de noite sempre a espreitava na esquina de casa. Havia perdido mesmo a virgindade para um amigo de infância de Caçapava, num motel de quinta categoria, que, de vez em quando, era assaltado por cobras que literalmente se esgueiravam pelas frestas do lugar.

— Nem quero saber os detalhes — disse Pascal.

— O que precisamos é escolher um nome bem bonito. E hoje vamos comemorar. Antoine está indo encontrar sua família em Porto Alegre. Por incrível que pareça e apesar da perseguição dos Almeida Terra, conseguiu emprego num banco de um pessoal amigo nosso — contou Edith.

François só tinha olhos para a menina e procurava nela algum traço de Ana Maria. Não era arruivada como ele. Era morena. Tinha os olhos escuros, profundos como os da mãe. Não saíram pampianos como os do pai. A família escolheria o nome. A menina estava dormindo na hora da festa, mas todo mundo queria espiar. Antoine pediu a palavra.

— Acredito que Sofia gostaria de ficar com a menina.

— A outra metade será resolvida com um exílio de François. Hoje à tarde, já entrei em contato com amigos no exterior e eles vão te encaminhar por lá — explicou Pascal. — Tu vais de avião, um pessoal amigo da Varig vai te levar num voo especial. Amanhã de manhã.

Pascal Filho não via a hora da escolha do nome da menina. Veio para a sala de jantar vestido de palhaço, com um nariz vermelho e uma cartola dourada. Soprando uma corneta, pediu atenção:

— Está na hora de escolher o nome da princesinha. Minha sobrinha. Alguém que tenha uma ideia mirabolante manifeste-se, ou calem-se para sempre.

A sugestão veio do velho e de sua imensa sabedoria. Renata. A criança que nasceu à meia-noite de um julho frio levava a ideia de renascimento como batismo.

Natal foi o piloto que levou François até a Holanda. Era compadre de casamento de Antoine. Levou sua carga com uma delicadeza exacerbada. Nada de ruim podia acontecer com ele, senão Antoine matava. Natal checou o avião pessoalmente mais de uma vez e não saiu de perto dele até a hora do embarque. O voo foi tranquilo na medida do possível. François segurou a lágrima que teimava em cair. Não sabia quando voltaria. Não sabia de Ana Maria.

O que faria? O Atlântico não tinha fim para seus pensamentos. Engolia cada ideia. O oceano era seu único interlocutor. Obviamente, não pregou o olho numa viagem infinita.

Ana Maria estava em depressão. Palavra nova para a época, foi diagnosticada pelo obstetra que deu à luz a criança. Agora, era só esperar. Não havia remédios no momento. Ficou em casa sob os olhos atentos da mãe, mas prestes a ser internada caso a coisa piorasse demais. Não conversava com ninguém, comia o mínimo possível, chegou a pesar quarenta e cinco quilos numa altura de um metro e setenta. Não queria levantar da cama. Queria saber da filha, mas ninguém dizia qualquer coisa. A irmã não sabia de nada para talvez contrabandear alguma informação. Nem chorava mais.

A única coisa que a motivava era a esperança de algum dia poder ver François. Como será que ele ia? Seu amor. Mal sabia que a criança estava com os Roche.

François chegou a Amsterdã num dia de verão ensolarado. No aeroporto, esperava-lhe o senhor Slijpsteen. O rapaz despediu-se de Natal como se deixasse para trás a base de sua vida, o verde. Do pampa, só carregava em seus olhos a cor, como uma marca que teimava em não sair jamais. Estava melancólico.

O senhor Slijpsteen era o amigo de seu pai. Homem rico, tinha vindo pessoalmente esperar o moço no aeroporto. Seus negócios envolviam pedras preciosas. Também era joalheiro. François aprenderia a profissão de ourives com ele. Sobraria tempo para estudar.

— É uma honra ajudar um filho de Pascal Roche — disse Slijpsteen ao entrar na Mercedes.

— Espero estar à altura da sua ajuda — respondeu educadamente François.

Fuxico. O boato que corria era o seguinte: ela era intocável. Quem fazia mal a ela se quebrava. Com base nessa premissa, os caras da empresa de comunicação onde Renata trabalhava fizeram uma aposta. Quem a levasse pra cama ganhava a grana. Os jovens, corajosos, queriam provar que a máxima não valia. Na verdade, queriam fazer uma gozação pra cima dela e comemorar com a galera. Quem levasse a maior pagava a conta de uma beberagem.

Quem caiu no gosto de Renata foi Felício, o locutor da rádio. Ele era grande, meio desajeitado, e parecia boa pessoa. Os dois começaram de lance nos corredores da empresa até que chegou ao ponto de trocaram telefones. Combinaram uma janta. Felício não via a hora de comemorar.

Renata, na sua ingenuidade, disse que eles não poderiam transar naquele dia.

— E aí? Qual o problema?

— Simplesmente não posso.

— Vamos lá pra casa namorar e ver televisão.

— Está bem.

Chegaram à casa de Felício, um edifício no Centro todo gradeado, como acontecia de ser os edifícios naquela época violenta de fim de século. Como se não quisesse deixar escapulir sua presa, Felício levou Renata pro quarto e foi beijando e atirando na cama. Não havia nenhuma televisão.

— Para, Felício, eu já disse que não posso.

— Calma, que nós só vamos brincar.

Renata resistiu. O cara rasgou sua blusa, deu um tapa nela e a deixou de costas enquanto tirava a roupa e guardava seu relógio na gaveta do criado-mudo. De repente, a moça deu um salto e pegou um gás-pimenta de dentro de sua bolsa.

— Filho da puta.

— O que foi?

— Desgraçado — chorava. — Deixa eu ir embora daqui agora!

— Tudo bem, tudo bem. Calma.

Os dois desceram até a porta de ferro pra moça sair. Felício, entre brabo e fracassado, pediu desculpa por qualquer coisa. Na verdade, pensava era na perda da aposta. Renata seguiu aliviada pra casa.

ANA MARIA LEVOU UM ANO para sair de casa e frequentar aquilo que se chamava sociedade. Estava com dezessete anos e pouco sorria. Tinha um ar um tanto aéreo. Só não estava pálida porque tomava sol no enorme pátio da casa dos Almeida Terra na Avenida Independência, em Porto Alegre. Foi lá que arranjou forças para voltar à vida. A natureza e sua explosão contínua lhe serviram de alento. Alma lhe deu uma gata com um mês de vida para ela brincar. Ana Maria deu-lhe o nome de Dulcineia. Adorava vê-la rolando na grama e deitando de costas pedindo-lhe carinho na barriga. A buganvília roxa que despencava vasta uma parede era outra inspiração para seus pequenos passos de recuperação. Escrever, porém, nada. Nenhuma linha para François, nenhuma tentativa de verso.

A volta aos eventos sociais foi arranjada, como sempre, por sua mãe. Era o aniversário de quinze anos de uma moça de origem alemã. Uma Röhre, e a festa seria no Juvenil. Ana foi à costureira para a última prova sem nenhum estímulo, mas, ao olhar-se no espelho, enamorou-se. O vestido era azul-claro, de renda na parte de cima e de um tecido vaporoso na parte de baixo. Fotografou-se na memória para François e dedicou-se a ele.

A festa era no Salão dos Espelhos do clube, que estava lotado. Ana Maria não conseguia animar-se. Agradecia os convites para dançar. A lembrança de François tomava-lhe a vida. Sua família estava numa mesa central, e a maioria das pessoas não se furtava de comentar o desaparecimento de Ana na flor de sua juventude. Os Almeida Terra haviam conseguido, de alguma forma, esconder o nascimento da menina. Alma dançava sem parar de par em par.

O pai de Ana Maria resolveu tomar uma atitude. Pegou a moça pela mão e chamou-a a dançar. Era uma valsa de Strauss. A garota brilhava rodopiando no meio do salão.

— Está na hora de reagir.

— Não vou lhe responder. Nem deveria estar aqui.

— Ela está bem — apascentou o coração da filha o pai, que se rendeu à infinita beleza de sua descendência.

Naquele instante, Ana Maria sorriu e respirou aliviada. Kurt Röhre, que estava cuidando com olhos de gato aquela jovem, foi fisgado na hora pela cena e quis a mulher para ele. Atravessou o salão e perguntou para o senhor se poderia dançar com ela. O pai radiante entregou a moça na mesma hora. Ana Maria, sem escolha, caiu nos braços do alemão com pinta de bom jogador de qualquer esporte.

— Olha para mim. Tu tens algum segredo.

— Se tenho algum, eu não vou te contar. É um segredo.

— Está certo, mas teus olhos que não me olham parecem esconder alguma coisa.

— Deixa para lá os meus esconderijos e me conta o que tu fazes.

— Eu trabalho com meu pai na nossa empresa de metalurgia e estou terminando o curso de Engenharia. E tu?

— Este ano, vou entrar para o curso de Letras.

— Quanta segurança.

— Não, só me passou pela cabeça agora e resolvi te dizer isso. A música acabou. Vou sentar com meus pais.

— Eu te levo até lá, se me permites.

François aprendia o ofício da ourivesaria em Amsterdã e estudava filosofia. Recebia sempre notícias de Renata, que vinham em cartas aguardadas com furor. Também soube na Europa da morte de seus pais. Pascal foi o primeiro. Uma pneumonia num inverno bageense levou o patriarca dos Roche. Edith foi meses depois. Talvez de tristeza pela perda do marido e por não suportar não ter com quem dividir as cores e os cheiros da primavera que explodia.

François aplacava a dor da perda dos pais com a algaravia da criança. Renata com um ano e meio dizia frases completas.

Aos dois anos, Renata morava no Bonfim com Sofia, Joana, Antoine e Marie. Viviam num apartamento de dois quartos, alugado, que Antoine pagava com o salário do banco onde trabalhava de caixa. Sofia vendia produtos trazidos do exterior por Natal, o piloto que tinha levado François para a Europa. Apesar das dificuldades, a vida era boa.

Enquanto na casa dos Roche a vida seguia seu curso mais ou menos prosaico, entre os Almeida Terra havia quem tentava virar a página. Kurt resolveu investir na corte a Ana Maria. Frequentava sua casa, visitando os pais da moça. Começou a ganhar a confiança dos Almeida Terra. Aliás, era um ótimo partido, um dos solteiros mais cobiçados. Porém, parecia que Ana era mais um desafio desportivo do que um amor verdadeiro. Mal conversavam sozinhos, muito pouco tinham em comum. Na cabeça da jovem, entretanto, ele poderia ser a saída da casa dos pais, uma estratégia arrevesada e desesperada de independência e um trampolim para ter de volta a filha.

Ana Maria foi fisgada. Casaram-se. Pompa e circunstância para deixar o estado inteiro de boca aberta. A notícia chegou a Bagé e à Holanda. Com ela, veio à tona o choro da menina. Os Roche abriram as baterias e soltaram a notícia de que a criança que eles criavam era Almeida Terra.

Quem estava naquele réveillon de Punta del Este lembrava do tango dançado por Antoine com Ana Maria. Antoine agora criava uma menina de três anos que era a sua cara. Ana Maria esteve fora de circuito por mais de um ano. Era só juntar as peças.

Ana Maria, logo na lua de mel, sentiu a mudança de Kurt em relação a ela. O rapaz que se desmanchava em doçuras para conquistá-la se transformara num homem seco e duro. Talvez os boatos o deixassem assim. Talvez fosse assim mesmo: depois de conquistar um prêmio, desinteressava-se.

Ana acompanhava-o nas festas como uma boa esposa. Seguia-o nas entregas de prêmios e comendas que vinha recebendo como jovem empresário logo depois de ter assumido a capitania da indústria que seu pai lhe passou após o casamento. Viviam friamente e ainda não falavam em filhos. Foi Ana Maria quem introduziu o assunto numa manhã de domingo.

— O que tu pensas sobre ter filhos?

— Vamos ter.

— E se eu te disser que eu já tenho?

— Eu te mato. E mando matar o filho ou faço coisa pior — fulminou friamente com seu olho azul transparente o olhar de Ana Maria.

— Pois eu tenho — sustentou Ana.

— Eu sei — disse e saiu do quarto.

BRAGA ERA MÚSICO e estava levando um espetáculo de certo sucesso em um teatro de Porto Alegre. Era amigo de uns amigos de Renata. Na verdade, tinha namorado a mulher de um colega de trabalho de Renata. Eles se conheceram num bar discutindo por que Psiquê tinha sido tão curiosa a ponto de não ter obedecido Eros e espiado seu rosto enquanto o deus dormia a seu lado. Braga já tinha alta quilometragem e acabou levando Renata pra cama.

Foram pro apartamento dela de um quarto abarrotado de livros, de um computador e de uma bicicleta branca Caloi Cross feminina. A primeira pergunta que ele fez ao entrar no imóvel era como uma voz suave:

— Aqui tem muitos fantasmas?

— Não estou vendo nenhum.

Foram rápido pra a cama, menos por tesão do que por pressa pra acabar a conversa. Tudo rápido. Depois da transa, Renata virou pro lado, fez um muxoxo e levantou correndo pra tomar um banho.

Um câncer no fígado levou o pai de Ana Maria sem que isso fizesse a amada de François derramar uma lágrima. Pompa marcou o funeral: generais, intendentes, governadores da Arena foram arroz de festa no evento. Alma, que estudava medicina nos Estados Unidos num autoexílio, não pode ir. Nem quis. Entre tantos, as irmãs Almeida Terra e os Roche foram a minoria que vibrou com a passagem do velho ditador. Existiam outros que ficaram muito felizes com a notícia. O Coronel, seu apelido entre os inimigos, era detestado por muitos políticos de esquerda, vários serviçais e alguns familiares.

O Coronel morreu sem que a vingança dos Roche caísse sobre ele. Morreu em pleno poder, paparicando os generais e sendo paparicado por eles. Não sentiu o gosto da derrota. A mãe de Ana Maria seguia impávida, contente com o casamento da mais moça e com os estudos de Alma no exterior. Fria como a Sibéria, nem pensava na neta. Simplesmente não existia para ela. Ficou, com a morte do marido, muito bem de vida, morando no Moinhos de Vento. Seus passatempos prediletos eram o cabeleireiro e o jogo de cartas com as amigas. Não se metia na vida de Ana Maria. Achava que o casamento tinha o sabor de um delicioso coquetel de camarão.

Pois o casamento ia bem nas aparências e mal na intimidade. Frequentavam festas, e Ana Maria não repetia vestido. Em casa, não se falavam. Kurt não levou às últimas consequências a ideia de matar a mulher e sua filha, mas vingava-se num silêncio sobre o assunto e a proibiu de entrar em contato com os Roche.

LEÃO CHEGOU À CASA de Renata com uma caixa de bombons quando ela estava no auge de seu sobrepeso. Ela até que gostou, parecia que ele não ligava pra gordura dela. O cara estudava história e era daqueles que acreditavam no marxismo. Na verdade, ele era um chato e por muito tempo Renata se perguntou como foi cair na conversa dele.

Leão falou sobre mais-valia, massas, maçãs, povo, capital internacional e por aí afora. Renata só olhava pro seu rosto e pro bigode preto que se mexia sem parar pra cima e pra baixo. Beijo? Que nada. Ofereceu um chá. Aceitou. Mão? Que nada.

Renata foi pro quarto e voltou pelada pra sala. O cara calou a boca, mas mesmo assim Renata teve que tirar a roupa dele no quarto e de luz apagada. Bom? Que nada.

François não aguentava de saudades de sua família. Já havia terminado o curso de filosofia e tinha se tornado um ótimo ourives. Já estava na Holanda havia sete anos, a mesma idade de Renata. Juntava dinheiro para mandar ao Brasil e ajudar Antoine nas despesas da casa. Seu sonho era que a sobrinha Joana, agora com vinte anos, trouxesse a filha a Amsterdã para uma visita. Não havia esquecido Ana Maria e sabia de sua existência pelas colunas sociais dos jornais que Sofia recortava e enviava para ele semanalmente. Tentava ler o rosto daquela que hoje lhe parecia uma estranha. Não conseguia namorar com ninguém, embora os colegas de joalheria lhe arrumassem encontros e saísse regularmente junto com amigos que tinham amigas. Tinha tornado-se um caramujo.

A ditadura estava no auge, mas, com a morte do Almeida Terra, a família Roche nutria a esperança de ver François de volta ao Brasil em breve. Ele não era um exilado político nem havia qualquer processo contra sua pessoa, só uma jura de morte de um caudilho. Quanto à perda das propriedades da família de François, tudo foi arranjado por decreto e isso não era, ainda, reversível.

Juan foi uma grande paixão de Renata. O cara jogava charme pra ela, saía com ela, conversava muito com ela, mas nem um beijinho. Não, não era assumidamente gay, mas tinha muitas namoradas.

Renata estava hospedando uma amiga do Rio de Janeiro no seu apartamento de um quarto no Bonfim e que também era amiga dele. Fez janta pros dois e foi se deitar, deixando os amigos conversando na sala. Durante a madrugada, acordou e foi até a cozinha beber água. Na passagem pela sala, deparou-se com os dois transando.

Na mesma manhã, encontrou a melhor amiga porto-alegrense e ainda em choque contou o que tinha acontecido. Como resposta, escutou o seguinte:

— Preciso te dizer uma coisa: transei com ele essa semana — confessou.

Não é necessário falar que os três sabiam da paixão de Renata por Juan. Em menos de vinte e quatro horas, acabaram-se duas amizades e uma paixão.

AOS NOVE ANOS, A FILHA de François foi visitar o pai em Amsterdã numa primavera em que a cidade era só cor. O pai reconheceu a mãe na menina e lembrou aquele réveillon em Punta del Este. Ana Maria ainda estava marcada a fogo em sua pele. Renata e François se entenderam muito bem. A criança tinha, como ele, uma inclinação para o lírico. Conheceu a casa de Anne Frank, o Museu Van Gogh, e o que mais lhe chamou a atenção, do alto de sua infância, foram os Comedores de Batata, série de pinturas do artista holandês que lhe assustou e impressionou pela miséria. Renata andou de barco pelos canais e passeou de bicicleta pelas ruas e pontes da cidade. Joana também aproveitou cada momento. As duas voltaram para o Brasil com a promessa de que, em alguns meses, François retornaria a Porto Alegre. Ele tinha juntado um bom dinheiro para manter-se por cerca de um ano ajudando Antoine e sua família e também estava pronto para montar uma pequena joalheria na capital.

O lugar, no Centro de Porto Alegre, chamou-se Joias Roche. François revivia o negócio de sua família agora na Rua da Praia. Vendia peças de sua fabricação e também conseguiu a representação exclusiva de duas marcas de relógios finíssimos. O comércio logo pegou e virou moda entre os grã-finos. Joias Roche, em menos de um ano, virou grife.

Antoine largou o banco e foi gerenciar a loja, Pascal Filho também ajudava a tocar o negócio, Joana terminava o curso de direito, Renata estava com doze anos, e Marie e Sofia cuidavam da casa. A vida parecia ir tranquila.

François não havia nunca mais escrito para Ana Maria nem recebido uma linha dela. Só sabia que ela estava casada com um alemão rico. Tinha consciência de que ela já devia ter ouvido falar dele nas altas rodas e Renata já havia perguntado pela mãe verdadeira.

JOAQUIM ERA TODO DOCE e metido a sabichão. Nunca ficava sem emprego. Deu em cima de Renata enquanto tinha uma namorada. Tanto incomodou que a jovem acabou saindo com ele.

Foram jantar num restaurante da moda. A conversa foi morna.

Na hora de pagar a conta, a moça se propôs a dividir e já ia puxando o talão de cheques.

— Não, deixa que eu pago — disse ele de forma cortês e meio fora de moda. Renata até que gostou, não estava acostumada com cortesias. Mas ele completou: — Olha de quem é a conta conjunta — apontou.

O nome que estava no cheque era do pai dele, um político famoso em Brasília envolvido num escândalo financeiro e que acabou cassado.

A jovem ficou sem graça e ainda teve que dar um desdobre quando o cara a deixou em casa e queria subir pra passar sabe-se lá que outro cheque.

O RELÓGIO IA MARCAR dez para as seis. Faltavam dez minutos para a Joias Roche fechar as portas numa sexta-feira de janeiro. François, na oficina, já se preparava para dispensar o pessoal e guardava o material de trabalho. A loja estava vazia, e os funcionários estavam prontos para zarpar. Antoine já tinha aberto a gaveta para buscar a chave do cadeado da porta de ferro. Não se esperava nenhum cliente. Mas eis que entrou uma elegante senhora de óculos escuros e dirigiu-se direto a Antoine.

— Procuro um anel.

— Tu não mudaste muito na fisionomia, mas o invólucro é de presente — retrucou o mais velho dos Roche.

— Como vais, Antoine? Ainda danças bem um tango?

— Só se for *Cambalache,* e te convido agora.

— Ah, continuas espirituoso. Mas meu assunto é com o teu irmão.

— Sei, queres um anel.

— É, mas já não pode ser de noivado.

Antoine não precisou chamar François. O caçula dos Roche vinha de dentro da oficina conversando com um aprendiz quando deu de cara com Ana Maria. Ficou em completo silêncio, não tirou os olhos dela. Quem quebrou aquele instante de completa imobilidade foi Antoine.

— Aceitas um café ou uma água?

Enquanto Ana Maria pensava no que queria, François saiu de sua inércia e ventou porta afora da loja. A mulher não teve nem tempo de dizer seu nome.

François saiu a caminhar sem destino pelas ruas do Centro. Seguiu pela Andradas até a Praça da Alfândega pensando em forma de turbilhão. O que queria Ana Maria depois de tantos anos? Procurava ele por causa de Renata ou queria conversar sobre o passado? Cicatrizes do exílio afloraram. Imagens de Amsterdã. A solidão dos anos, o abandono da mulher, a pergunta de por que ela nunca tinha mandado notícias. Sentou num banco da praça e não viu o tempo passar. Só questionava-se qual a razão de não tê-la encarado, de não ter conversado e sabatinado aquela que, durante os últimos anos, lhe tirara o sono. Sentiu uma mistura de raiva e fracasso. Afinal, o que Ana Maria queria? Apareceu quando ele estava bem de vida. E o marido? Não chegou a nenhuma conclusão.

Quem ficou com a bomba na mão foi Antoine. Depois da saída intempestiva de François, Ana Maria dispensou o café e a água e foi logo dizendo:

— Quero ver a menina.

— Isso é com François. Pelo jeito como ele reagiu ao te ver, acho que vai ser difícil.

— Estou aqui escondida de meu marido, me ajuda. As coisas também não foram fáceis para mim.

— Eu vou ver o que posso fazer, mas não garanto nada.

— Está bem.

Ana Maria saiu à rua com um ar de tristeza.

Pedro namorava Renata havia seis meses. O romance ia bem. Ele fazia cálculo estrutural para uma empresa de engenharia. A moça estava começando a acreditar que, dessa vez, tinha acertado no projeto amoroso. Ganhava presentes, viajavam para a serra nos fins de semana, conheceu a família dele e ele a dela. Saíam pra jantar com os amigos em comum, mais especificamente com o casal Luiza e Rômulo. Os dois eram alegres, e Luiza muito despachada. Advogados. A mulher vidrou numa bolsa de Renata e pediu emprestada. Era uma carteira de noite, prateada, bonita, mas sem nada de mais. Disse que precisava dela pra ir a um casamento.

Quando devolveu a carteira, Renata guardou no armário e se esqueceu dela. O namoro seguiu e resolveram casar. No dia do casamento, Joana pediu a carteira pra ir à cerimônia e, quando abriu, encontrou um bilhete de Pedro para Luiza:

Minha pitchuca Luiza:
Nos encontramos no Sheraton no mesmo horário de sempre.
Beijos,
Pedro

Renata, com todos os convidados na igreja esperando, em seu lugar, mandou a carteira com o bilhetinho e nunca mais atendeu sequer um telefonema de Pedro.

— NÃO VAI VER DE JEITO NENHUM — dizia, irredutível, François. — Depois de quatorze anos, ela surge do nada e resolve bancar a mãe? A mãe de Renata é Sofia — completava.

Antoine não conseguia convencer o irmão a deixar Ana Maria encontrar a filha. Na verdade, não fazia muita questão de resolver o problema. Achava que a mãe da sobrinha não tinha feito muita coisa nos últimos anos que justificasse agora o direito de ver a menina. Aliás, a menina já estava uma moça com opiniões próprias e ele rezava para que ela não desconfiasse do que estava se passando.

Foi Sofia quem veio com a ideia de sabatinar a filha de François a respeito da possibilidade de ver Ana Maria. Afinal, mais cedo ou mais tarde, esse assunto iria explodir e o pai que se aquietasse com a ideia do encontro e fosse tratar de suas feridas. Para surpresa dos Roche, Renata não quis nem saber de ver Ana Maria. Estava mais interessada em namoricos e em sair com as amigas para ir ao cinema. Ia bem na escola e já começava a pensar na profissão a seguir, de oceanografia a economia.

A bomba seguiu na mão de Antoine. O mais velho dos Roche teria que dizer para Ana Maria que a filha não queria vê-la.

O telefone tocou na loja. Como resposta à notícia, Ana Maria, do outro lado da linha, disse:

— Vou tomar minhas providências.

Ana Maria vivia de aparências com Kurt, que se divertia nos lados da Avenida Farrapos. Ela concluiu o curso de letras, mas nunca exerceu o magistério. Tinha uma vida vazia, sem filhos com o alemão e sem voz ativa. Dependia do dinheiro dele para comprar um alfinete e não pensava em desquite. Tomar a atitude de tentar ver a filha exigiu-lhe uma coragem imensa e no fundo não tinha esquecido totalmente François. Quando disse que iria tomar providências, nem sabia ao certo quais eram elas. Só sabia que não iria desistir de conhecer a filha.

Como estratégia alternativa, Ana Maria resolveu falar com Sofia. Queria pelo menos ver a filha de longe. Ou que a mãe adotiva a apresentasse como uma estranha. Sofia topou. Combinaram de se encontrar por acaso as três, escondido de Antoine e François, na entrada do cinema Baltimore. Sofia levava Renata para ver uma reprise de *Romeu e Julieta* de Zeffirelli e Ana Maria estaria na frente da bilheteria esperando as duas.

— Qual seu nome?

— Renata.

— Já fez quinze?

— Daqui a dois meses.

— Conheço tua mãe o tempo da tua idade. Sabe a história do filme?

— É de amor.

— E o final?

— Tomara que seja feliz. Tu vais sentar junto conosco?

— Não sei. Talvez não assista ao filme. Estou esperando outra pessoa que, se não aparecer, não entro — mentiu Ana Maria.

— Então, até mais — disse Renata.

— Adeus, Ana Maria — completou Sofia.

— Adeus.

Naquela mesma noite, sem deixar um bilhete explicando qualquer coisa, Ana Maria tomou duas caixas de Lexotan enquanto não havia ninguém em casa. Kurt encontrou-a morta quando chegou da farra. Nada pôde ser feito.

François, quando soube da notícia, ficou enlouquecido. Sofia não teve coragem de contar sobre o encontro e sobre a coincidência da data do suicídio. Guardou o segredo. Nada acalmava François, e Renata não entendia o porquê de seu pai estar tão nervoso. Sentimentos de culpa, raiva e tristeza apoderaram-se dele. O que salvava os ânimos era a joalheria que continuava sendo um sucesso.

Renata já tinha dezessete anos e entrou para a faculdade de jornalismo. Cursou a universidade sem grandes percalços. Soube de sua história pela voz de Sofia ao encontrar seu pai chorando uma vez. Perguntou para a mãe adotiva o que tinha acontecido, e Sofia contou tudo: Punta del Este, o exílio, os avós, a entrega de Renata para Marie.

Renata escutou atenta. Já tinha seus vinte e três anos e muitas experiências próprias malfadadas. Ainda não vingara no amor e perguntou-se se acaso isso não seria uma herança dos pais. Vinha pensando em viajar e foi isso que fez.

NO VOO ENTRE Porto Alegre e São Paulo, Renata entrou em pânico. Começou a tremer sem parar.

Um homem vestido de terno e gravata, ao seu lado, foi gentil. Mandou tomar dois uísques de uma sentada e começou a conversar com ela. Disse que andava de helicóptero por causa do trabalho e que aqueles bichos sim eram frágeis. Que o avião onde estavam não ia cair. Afinal, ele tinha muita coisa pra fazer e uma família pra criar.

Renata, aos poucos, foi se acalmando. De repente, estavam conversando sobre literatura, economia, política e amor. Ele quis saber se ela tinha um namorado.

— Não tive sorte.

— Sorte não existe — ele devolveu. — O que existe é destino.

— Então, não tive destino.

Obrigada ao Rodrigo Rosp,
à Jeanne Machado e à Valéria Calderan

DESVÃOS

Outras publicações da Dublinense

ROMANCE

Aventuras de Tomé Pires · *Norma Ramos*

Se eu olhar pra trás · *Ademir Furtado*

CONTO

No inferno é sempre assim e outras histórias longe do céu · *Daniela Langer*

Daimon junto à porta · *Nelson Rego*

Delicadamente feio · *Ricardo Silveira*

O homem despedaçado · *Gustavo Melo Czekster*

Ciranda negra · *Eni Allgayer*

A vida é breve e passa ao lado · *Henrique Schneider*

Notas sobre o abismo · *Rosario Nascimento e Silva*

Em que coincidentemente se reincide · *Leila de Souza Teixeira*

CRÔNICA

Peregrina de araque · *Mariana Kalil*

Nas coxias do poder · *Ricardo Giuliani Neto*

Conheça também nossos ebooks.

Para consultar nosso catálogo completo e obter mais informações sobre os títulos, acesse www.dublinense.com.br.

dublinense

Este livro foi composto em fontes Arno Pro, Day Roman e Fabada e impresso na gráfica Pallotti, em papel pólen bold 90g, em junho de 2012.